Che Poesia mi Racconti?

San Dorligo della Valle (Trieste)
ISBN 978-88-6656-465-2

www.edizioniel.com

Roberto Piumini

Che Poesia mi Racconti?

Illustrazioni di Miguel Tanco

Einaudi Ragazzi

La punta della lingua punge, assaggia

La punta della lingua punge, assaggia,
è umida,
è timida,
si tende,
si nasconde,
sente il pizzico,
umetta, frulla, luccica:
la punta della lingua è viva e saggia.

Un filo d'erba verde

Un filo d'erba verde stava proprio in cima a un monte,
e il vento, tutto il giorno, gli diceva: – Via di qui!
Io passo e ripasso, filucchietto impertinente,
e tu mi fai inciampare, perciò levati di lí! –
Il filino d'erba verde si piegava, e gli diceva:
– Come dici? Non ti sento! – e lí fermo rimaneva.

Si arrabbiava molto il vento, e soffiava con violenza:
– Vola via, pelo del mondo, vola via, filo di pena,
vola giú nella vallata, là c'è spazio in abbondanza!
Qui io voglio solo sassi, che mi grattino la schiena! –
Ma, piegandosi di piú, stando chino sotto il vento,
il filino ripeteva: – Cos'hai detto? Non ti sento! –

Impazziva allora il vento, e infuriava, tempestava,
e soffiava sul filino, con violenza: – Non lo sai,

che io abbatto le montagne? – E, con voce piú cattiva:
– Guarda che ti strappo via! Non sfidarmi, vola, vai! –
Piatto piatto sulla terra, il filino rispondeva:
– Puoi alzare un po' la voce? – e tenace resisteva.

Ma il vento non poteva, ormai, spingere piú forte,
era stanco, e cosí prese a soffiare leggermente,
e il filino d'erba, allora, raddrizzandosi, in parte,
gli diceva: – Ora ti sento… sí, ti sento chiaramente:
cosa mi volevi dire? – – Filo d'erba, ti ho portato,
un semino che ho raccolto nella valle, in un gran prato –.

– Grazie, – disse il filo d'erba. – Qui con me io lo terrò,
e, in due, noi manterremo la montagna forte e intera.
Vuoi in cambio il mio profumo? Se lo vuoi, io te lo do –.
Accettò il suo dono, il vento, e nell'aria fresca e pura,
volò giú, sopra la valle, leggerissima carezza,
quel filino di profumo, delicata, dolce brezza.

Nei giardini vicini

Nei giardini vicini
si coltivano fiori,
rose rosse, rosate,
petunie e ciclamini,
begonie, margherite,
azalee, orchidee,
l'erba è ben tagliata,
pettinata.
A quei fiori, però,
non puoi andare vicino.
Sull'erba non si passa,
non si rotola.
Nel mio giardino
i fiori un poco stentano,
e l'erba è un po' in disordine,

però ci stanno, corrono,
ci giocano,
ci crescono bambini.

Chi l'ha vista? Chi l'ha presa?

Chi l'ha vista? Chi l'ha presa?
Che sia stata zia Terisa?
Chi l'ha presa di nascosto,
per portarsela in un pusto?
Chi, portandola lontana,
l'ha nascosta nella tona?
Quale ladro l'ha rubata,
e con sé l'ha trascinita?
Chi, scappando via di corsa,
se l'è messa nella barsa?
Chi l'ha presa? Chi l'ha vista?
Ahi, che cosa brutta e tresta!
Io la possedevo, pruma...
Chi l'ha presa, la mia rima?

Peso che pesi in terra

Peso che pesi in terra,
fatti un po' piú leggero.
Peso che fai zavorra,
fatti come il pensiero.
Corpo che pesi in basso,
perdi la pesantezza.
Ciccia di troppo grasso,
prendi la leggerezza.
Piedi che passeggiate,
lanciatevi nel salto.
Scarpe che camminate,
portatemi su in alto.

Principessa Bodibilda

Principessa Bodibilda, un certo giorno,
volle fare matrimonio, e disse al paggio:
– Corri in piazza e grida forte tutt'attorno,
fa' sentire ben in giro il mio messaggio:
«Chi, alla corsa, mi saprà superare
e saprà saltare in alto piú di me,
lui soltanto io vorrò, poi, sposare:
sarà principe e dopo sarà re!» –
Quando seppero la cosa, i cavalieri
si affrettarono a iscriversi alle gare:
conti e duchi, su magnifici destrieri,
arrivarono alla reggia a gareggiare.

Però contro Bodibilda, troppo forte
sia nel salto che in corsa, ai cavalieri,
le faccende vanno tutte molto storte:
se ne vanno via sconfitti, mesti e neri.
Alla fine, passa un tale di Forlí,
che non è forse nemmeno baronetto,
e che dice: – Be', giacché mi trovo qui,
voglio vincere la gara, lo prometto! –
Bodibilda saltò in alto: lui, però,
saltò un paio di centimetri piú su.
E lei corse, però lui la superò:
vincitore delle gare, cosí, fu.
Ma ecco, quando Bodibilda, sospirosa,
si avvicina a lui, per farselo marito,
nel vederla cosí tosta e muscolosa,
lui rimane, per un attimo, stordito,
e poi scatta in una fuga eccezionale:
mai nessuno piú a scorgerlo riuscí,
e cosí, quel matrimonio finí male,
per mancanza dello sposo di Forlí.

A volte son le sei

A volte son le sei, a volte son le nove,
a volte le otto e mezzo, o un quarto all'una:
il tempo ha le sue ore sempre nuove,
ma come scorre il tempo sulla Luna?

A volte son le quattro e trentatre,
a volte son le dodici e ventotto:
pienissimo di ore il tempo è,
ma come passa il tempo un orsacchiotto?

A volte son le dieci meno due,
a volte son le venti, esattamente:
il tempo ha delle ore tutte sue,
ma come è fatto il tempo della mente?

Una stellina andava, andava, andava

Una stellina andava, andava, andava,
nell'immenso cielo spaziale,
a vedere, a guardare:
c'erano stelle rosse, stelle grosse,
c'erano stelle gialle, stelle folli,
c'erano stelle dure,
c'erano stelle molli,
c'erano stelle dolci,
c'erano stelle pulci.
La stellina andava, andava,
fra le immagini preziose,
luminose, affascinanti,
astri lustri,
tondi mondi,
e chi piú ne ha piú ne metta,
chi piú ne pensa piú ne dica,
chi piú ne vuole piú ne prenda.

Ma, gira gira gira,
vedi, guarda, sospira,
quella stellina si sentiva sola,
e cercava uno sguardo, una parola,
ma le stelle restavano mute,
silenziose, segrete.
Un giorno, la stellina
vide il nostro mondo
con il suo mare fondo,
con la sua acqua azzurra che sussurra,
si avvicinò e, laggiú nel mare,
vide un'altra stellina:
era la sua immagine,
ma lei non sapeva,
e scendeva, scendeva,
per incontrare l'altra stellina
che incontro le veniva,
e scendeva, scendeva,
e a un certo punto,
pluf,
cade nell'acqua,
si sciacqua, si bagna,
sprofonda nell'onda.

L'altra stellina, dov'è?
L'altra stellina non c'è,
però ci sono pesci,
pesci rossi, pesci grossi,
pesci gialli, pesci folli,
pesci dolci, pesci pulci,
pesci rari, pesci amari,
e fiori luminosi,
preziosi, deliziosi,
e alghe affascinanti,
e altri pesci bolle,
e pesci palle,
cavallucci marini,
e coralli ramini,
pesci di luce e brace,
e balene, e baleni,
pescigatti e pescicani,
pescimatti e pescistrani,
e tutti, tutti, tutti,
giocavano con lei.
Allora la stellina
restò sempre nel mare,
e fu stella marina.

Il rap è una canzone

Il rap è una canzone che è leggera ma pesante,
fittissime parole per esprimere un pensiero,
piú fitte delle foglie che ci sono sulle piante,
piú fitte delle stelle di lassú nel cielo nero.
Una canzone rap è una canzone martellante,
una mitraglia in bocca che non lascia respirare,
che dice quel che crede sia una cosa importante,
che dice quel che pensa sia una cosa da ascoltare.
        E se c'è un ritornello,
        è un ritornello duro,
        un colpo di martello
        battuto contro il muro.
Una canzone rap ha molta fretta di parlare,
perché il tempo vola e le cose stan cambiando,
sicché mentre si canta ci conviene approfittare,
pensare un'altra cosa mentre questa stiam cantando.

Una canzone rap è come un fiume di parole,
che corre con urgenza perché vuol toccare il mare,
magari non sa bene quel che crede e quel che vuole,
ma la saliva in bocca non la vuol fare asciugare.
    E se c'è un ritornello,
    è un ritornello duro,
    un colpo di martello
    battuto contro il muro.
Una canzone rap è scioglilingua del cervello,
veloce macinino di ginnastica mentale,
è dire qualche cosa però dirla a rompicollo,
perché, chissà perché, andare piano sembra un male.

Una canzone rap è tutta un ritmo forsennato,
un gioco di bravura per acrobati dicenti,
discorso saltimbanco nel baccano del mercato,
per muovere le idee, o fare almeno movimenti.
        E se c'è un ritornello,
        è un ritornello duro,
        un colpo di martello
        battuto contro il muro.

Se calate una corda nel pozzo

Se calate una corda nel pozzo,
forse ne sale un secchio,
forse un vecchio.

Se sale un secchio,
bevete l'acqua fresca
e fate festa.

Se sale un vecchio,
dategli una carezza
sulla testa.

C'era una volta un corpo di bambina

C'era una volta un corpo di bambina,
morbido e buono come il pane fresco,
la fronte è una piazza piccolina
e gli occhi come due fiori di pesco,
i piedi le saltellano contenti,
e in bocca le sorridono otto denti.

C'era una volta un corpo di bambino,
morbido e bello come il pane nuovo,
la bocca è un batuffolo rubino,
le guance lisce come guscio d'uovo,
le mani son cicciotte e divertenti,
e in bocca gli sorridono sei denti.

C’era una volta il corpo dei bambini,
morbidi e belli come il bianco pane,
corrono come corrono i gattini,
saltano come saltano le rane,
giocano fino a quando sono stanchi,
sorridono coi loro denti bianchi.

È una p?

È una p?
Un po'.
È una po?
In parte.
È una poe?
Non solo.
È una poes?
Dài, forza!
È una poesi?
Ci siamo!
È una poesia?
Speriamo.

Un vecchio leone

Un vecchio leone, che non vedeva bene,
e spesso si sbagliava, nell'arida savana,
scambiando le gazzelle con le feroci iene,
si stese una sera, a pancia poco piena,
rivolto a occidente, e disse, brontolando:
– Appena scende il sole, farò un bel sonno fondo –.

Aspetta, aspetta, aspetta, ma quella sfera gialla
non scende di una riga, non tramonta, non cala.
– Ehi, se la piglia comoda, stasera, la gran palla! –
sbadiglia il leone, sbirciando un impala:
ma lui mica lo insegue, perché ormai ha deciso,
che ormai è il tramonto, il tempo del riposo.

Il sole non tramonta, e sembra molto strano.
La belva, sbadigliando, si alza e si avvia,

cammina ad occidente, per andare lontano,
scoprire perché il sole, stasera, non va via:
ma ecco che inciampa in una zucca gialla,
lui non guardava il sole, prima, guardava quella!

Ma il leone è digiuno, e quindi non ragiona,
ruggisce, e dice: – Sole, tramonta, scendi, parti,

perché, se non lo fai, questa è la volta buona
che, con le mie zanne, ti faccio in quattro parti! –
La zucca non si muove, lui dà un morso pieno,
ma la buccia è durissima, non la graffia nemmeno.

– Ah sí, sole ostinato? – grida il leone allora,
prende una gran rincorsa e, con la testa bassa,
si scaglia a tutta forza contro la zucca dura:
ed ecco, per la botta, ogni rabbia gli passa,
si stende, addormentato, e sogna mille stelle,
e in corsa, ma lentissime, tantissime gazzelle.

Nel millesettecento e qualche cosa

Nel millesettecento e qualche cosa,
viveva nella Francia generosa,
un re che si portava sulla zucca
una grande, bianchissima parrucca,
molto ammirata da tutti gli occhi,
e molto abitata dai pidocchi.

Guardate, il re si gratta!
Che abbia dei pensieri?
Sí, nuovi: quelli vecchi
se li è grattati ieri.

E quel re parruccone e pensieroso
era davvero molto vanitoso:
per dirvela soltanto in due parole,
voleva esser chiamato il Re Sole!

Però restava, nonostante il nome,
fino alle dieci a letto, il dormiglione.

Guardate, il re si gratta!
Che abbia dei pensieri?
Sí, nuovi: quelli vecchi
se li è grattati ieri.

Faceva grandi feste nei giardini,
con dame e cavalieri e cagnolini,
vestiti tutti nastri, gioie e pizzi,
facendo balli, strilli, lazzi e frizzi:
il re passava in mezzo a quella festa,
con la sua gran parrucca sulla testa.

Guardate, il re si gratta!
Che abbia dei pensieri?
Sí, nuovi: quelli vecchi
se li è grattati ieri.

Dentro, dentro, in pieno petto

Dentro, dentro, in pieno petto,
c'è un continuo sbattimento:
è un tamburo di folletto?
Metto la mia mano, e sento.
No, non è un folletto, è il cuore,
che il mio sangue fa girare,
robustissimo motore
che non smette di pompare.
Pompa, pompa, in gran segreto,
caldo, rosso e generoso,
batte, batte, quieto quieto,
senza prendersi un riposo.
Anche quando m'addormento,
non si ferma, batte ancora,
batte solo un po' piú lento:
mentre sogno, lui lavora.

C'erano i cavalieri di re Artú

C'erano i cavalieri di re Artú,
strapieni di coraggio e di virtú:
andavano per ogni terra e mare
a far belle battaglie ed esplorare.
Artú chiamò i piú valorosi,
i dodici piú forti e coraggiosi,
attorno a una tavola di legno,
il piú prezioso che c'era nel regno,
perfettamente tonda. Disse il re:
– Miei cavalieri, siete qui perché,
tutti insieme, una volta al mese,
racconterete le vostre imprese –.
Cosí, una volta al mese, i cavalieri,
lasciando a pascolare i destrieri,
attorno alla gran tavola riuniti,
parlavano dei loro fatti arditi.

Oltre ai racconti, naturalmente,
gustavano pietanze succulente:
fagiani fritti e pernici cotte,
frutti, confetti, intingoli, ricotte,
miele, frittelle, vino a volontà,
e ogni altra gustosissima bontà.
Ma dato che parlare a bocca piena
non è educato, mentre di gran lena
mangiavano, ingoiavano e bevevano,
quei dodici prodi, ora, tacevano.
Poi, una sera, alzando i bicchieri,
dissero i prodi e sazi cavalieri:
– Amiamo queste cene, re Artú!
Perché non ne facciamo un po' di piú? –
Lui disse: – Accetto: settimanalmente
verrete tutti qui, gloriosa gente! –
Ogni sabato sera, i cavalieri,
lasciando nella stalla i destrieri,
sedevano alla tavola rotonda,
bevendo vino rosso e birra bionda,
e un poco raccontavano, ma piú
cibi e bevande mandavano giú:
arrosti di capretto e di cinghiale,

salsicce, spiedi di piccioni al sale,
e ogni altra bontà. Cosí mangiando,
andavano, pian piano, ingrassando,
coi gomiti e coi fianchi si urtavano.
Dissero: – Artú, che bello far congresso!
Perché non lo facciamo un po' piú spesso? –
– Venite qui ogni sera, – disse il re,
e ogni sera, da allora, ecco che
si radunavano quei cavalieri,
a svuotar piatti e asciugare bicchieri:
ormai non raccontavano piú storie,
ardite imprese e amorose memorie,
facevano battaglie e duelli
solo con le forchette e i coltelli.
Cosí, quando i panciuti cavalieri
chiesero al re, alzando i bicchieri,
di non venire piú soltanto a cena,
ma anche a pranzo, Artú disse: – Piena,
signori, è la misura! Alzatevi,
prendete i vostri cavalli, armatevi,
partite, e non tornate, tutti quanti,
se non sconfiggerete sei giganti,
diciotto draghi, e se non liberate

venti belle fanciulle imprigionate! –
Si alzarono, in silenzio, i cavalieri,
e, con fatica, sui loro destrieri
montarono, e lenti se ne andarono,
e, prima un po' sbuffando, conquistarono
città nemiche, e uccisero draghi,
lottarono con orchi, streghe e maghi,
e poi, tornati piú magri e leggeri,
per la felicità dei destrieri,
solo una volta all'anno, ritornavano
alla tavola tonda, e raccontavano
le loro imprese, e la cena servita
era leggera, ma piú saporita.

Prima sprizza, poi ti schizza

Prima sprizza, poi ti schizza,
e ti stuzzica e ti pizzica,
tutto giallo,
come l'oro d'un gran re.
Chi ti sprizza,
schizza, stuzzica e ti pizzica?
Spremi,
spremi la memoria:
quest'asprezza di cos'è?

La storia io ti dico

La storia io ti dico
di un uomo molto antico:
bruciando della roccia,
quando fu bruciaticcia,
trovò, con gran stupore,
in mezzo a quel calore,
un materiale rosso.
Gli diede colpi addosso,
ne aveva un po' paura,
e lo picchiò con cura,
gli diede forma acuta,
una forma puntuta,
e poi lo raffreddò.
Cos'era? Io lo so.
        Il duro ferro,
        il forte ferro,

che ti colpisce
e arrugginisce.
Giú nella terra nera,
nella fonda miniera,
si scava, scava, scava,
fin quando lo si trova,
nascosto nel profondo,
nella pancia del mondo.
Lo si fa riscaldare,
lo si fa arroventare,
sciogliere poco a poco
in liquido di fuoco,
che poi diventa sbarra,
o trave o fil di ferro,
oppure il tuo cancello:
un utile metallo.
Il duro ferro,
il forte ferro,
che ti colpisce,
ma arrugginisce.

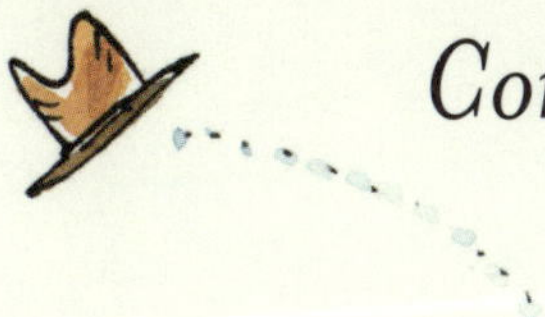

Conosco un tipo elastico

Conosco un tipo elastico,
che un mattino, quando s'è svegliato
e, per sgranchirsi un po', si è stirato,
con una mano arrivò a Baltimora,
e, con l'altra, fino a Bora-Bora.

Quel mio amico, se è partito il treno,
dalla carrozza, seduto e sereno,
prende, col braccio, dal finestrino,
al bar della stazione, il cappuccino.

Quando il vento gli ruba il cappello,
lui non si mette a correre, tranquillo,
e lo lascia volare fino al Polo,
poi allunga un braccio, e lo prende al volo.

Al tempo di re Artú

Al tempo di re Artú, dissero i Cavalieri:
– Sire, siamo un po' stanchi
di guerreggiare per il solo onore:
a noi non è la gloria che ci manca,
ma qualche premio che abbia un buon valore –.
Rispose il re: – Miei prodi,
poiché, con fieri modi, è questo che chiedete,
prometto che l'avrete.
Per la prossima guerra,
avrete premi simili a gioielli,
ma ancor piú belli:
cosí preziosi che nascono in cielo,
e non su questa terra.
Saranno rossi piú di un bel rubino,
lucenti piú del piú lucente gelo –.
Allora i Cavalieri,

montati sui destrieri,
per guadagnarsi il premio sopraffino,
marciarono su Turchi e Mussulmani,
nella terra dei Mori e in terra slava,
varcando mari vicini e lontani:
nessuno li fermava.
E chi perse una gamba, chi una mano,
a chi restò soltanto un occhio sano,
chi perse mezzo naso,
chi si trovò con un orecchio raso,
ma i Cavalieri,
in mezzo a quei dolori,
pensavano: «Il premio di re Artú,
non è certo per vili, o traditori!»,
e allora combattevano di piú.
Quando tornarono, mutilati,
zoppi e malconci, però vincitori,
Artú li accolse, nel suo gran giardino,
e disse: – Cavalieri, bentornati!
Come voi volevate, tutti quanti,
non avrete da me soltanto onori,
ma quelle cose rosse e luccicanti,
che non nascono in terra, ma nel cielo:

dunque, per mia bontà e volontà regia,
prendetevi, ciascuno, una ciliegia! –
Cosí, quei Cavalieri d'alta scuola,
con le ciliegie furono premiati:
però nessuno disse una parola,
mangiandole e gustandole, beati.

C'è un quaderno tutto mio

C'è un quaderno tutto mio,
me lo scrivo e leggo io,
e ci metto quel che voglio,
ogni giorno un nuovo foglio.
Cose brutte, cose belle,
avventure, marachelle,
cosa scopro, come gioco,
cosa faccio, quel che dico,
cosa sento dalla gente,
cosa penso nella mente,
e ci appiccico figure,
mi diverto a disegnare:
è la mia carta segreta,
il quaderno della vita.

La guerra quando giocano i bambini

La guerra quando giocano i bambini:
– Patapum, patapam, sotto a chi tocca! –
Molli battaglie a colpi di cuscini,
fischi e spari fatti con la bocca.
– Ecco, t'ho ucciso! – – No, t'ho ucciso io! –
– Adesso spari tu, e io morivo! –
La guerra dei bambini: grazie a dio,
chi muore si rialza, sempre vivo.

C'è guerra e guerra,
su questa terra:
c'è guerra e guerra...

E poi nel mondo c'è la guerra vera,
con armi che ti fanno molto male,
scoppi di fuoco rosso e terra nera,
sangue e ferite e urla in ospedale:
la guerra non per finta, quella dura,
che lascia il mondo tutto rotto e storto
e, quando uno muore, resta morto.

C'è guerra e guerra,
su questa terra:
c'è guerra e guerra...

La fragola

La fragola
è una favola
raccontata nel bosco,
a dei bambini
che portano cestini,
e di nascosto
ne mettono una in bocca.

La pesca
non si pesca
ma si coglie dal pesco,
colla sua veste
di velluto fresco,
e il suo robusto
nocciolo complicato.

La ciliegia
si pregia
di maturare a maggio,
e poi, per chi la vuole,
per coglierla lassú,
occorre del coraggio,
ed una scala a pioli.

La pera
è una sfera
piú lunga da una parte,
ma buona dappertutto.
Col formaggio, va forte,
ma, anche tutta sola,
è proprio un dolce frutto.

L'uva,
la levi
dal buon vigneto,
e poi ti stendi quieto
sotto la luna,
staccandone, una a una,
le perle molli.

C'era un cencio nero nero

C'era un cencio nero nero,
uno straccio sfilacciato,
sventolava su nel cielo,
con un teschio disegnato.
Per il cielo sventolava
quella stoffa scura scura,
e, a chiunque l'avvistava,
dava brividi e paura.
Era un cencio di tempesta,
uno straccio da spavento,
fuori al largo, o sotto costa,
lui frullava insieme al vento.
Ma quel cencio, che cos'era?
Come mai correva i mari?
Era la nera bandiera
dei pirati e dei corsari.

C'era una volta un bravo giardiniere

C'era una volta un bravo giardiniere,
che, maneggiando rose, si pungeva.
La cosa non gli dava alcun piacere:
– Perché questi bei fiori, – lui diceva,
– con un profumo cosí dolce e fine,
forma elegante e splendido colore,
devono dare, con le loro spine,
a chi solo li sfiora, del dolore? –
Allora lui tolse dallo stelo
tutte le spine, delicatamente,
ma i fiori, come quando viene il gelo,
appassivano tutti, tristemente.
Però lui non si arrese e, dove prima
c'erano spine, unse con unguento
le cicatrici dal fondo alla cima,
fasciò con cura, delicato e attento:

e tanto fece, e tanto le curò,
che quelle rose ripresero vita,
belle, odorose, ma spinose no.
E venivano molti, da lontano,
perché il proverbio dice: «Non c'è rosa
senza le spine» e tenerle in mano,
senza graffiarsi, era una gran cosa.
Ma ecco, un mattino, il giardiniere
si trovò sulla pelle trapuntato
di piccole e sparse spine nere,
e il suo lenzuolo era tutto strappato.
Lui non si preoccupò, ma la sua sposa
non lo voleva piú accarezzare,
e i suoi figli, cosa dolorosa,
non lo volevano piú abbracciare,
e i suoi amici, altrettanto strano,
quando per strada lui li incontrava,
non volevano stringergli la mano.
Siccome la faccenda continuava,
e il giardiniere non ne era felice,
andò in giardino e sbendò le rose,
tolse l'unguento, e da ogni cicatrice
lasciò spuntare le punte spinose.

E mano a mano che lungo gli steli
crescevano le spine, le sue spine
si ammorbidivano come dei peli,
e il suo brutto tormento ebbe fine.
E poiché non c'è rosa senza spine,
ne coltivò di tipo sorprendente:
rose con spine d'oro, o argentine,
o spine di cristallo trasparente.

Viva la pioggia viva

Viva la pioggia viva,
la pioggia quando arriva.
Viva la pioggia grande,
la pioggia quando scende.
Viva la pioggia fresca,
la pioggia quando casca.
Viva la pioggia sciolta,
la pioggia quando salta.
Viva la pioggia pazza,
la pioggia quando spruzza.
Viva la pioggia tanta,
la pioggia quando canta.
Viva la pioggia nuova,
la pioggia quando lava.
Viva la pioggia lieta,
la pioggia che disseta.

Vuoi sapere un segreto

Vuoi sapere un segreto
veramente segreto?
Vuoi sapere
il segreto piú segreto,
segretissimo?
Vuoi sapere il segreto
che, al suo confronto,
ogni altro segreto
non è segreto?
Avvicina il tuo occhio,
al punto nero, qui sotto,
non perderlo di vista.
Se non lo perderai,
se ti concentrerai,
se aspetterai,
vedrai che lo vedrai.

Adesso che l'hai visto,
non puoi dirlo a nessuno.
Non puoi dire nemmeno
se l'hai visto, e nemmeno
se non l'hai visto, perché
questo è proprio un segreto.

Un frate quieto quieto

Un frate quieto quieto, pio e solerte
andava per i colli in cerca delle offerte:
ma gli offrivano tutti
saluti, e niente soldi,
sorrisi, e niente frutti.
Faceva molto caldo, un caldo tropicale,
e il fraticello, quasi, stava male,
ma vide, in un vigneto,
dei grappoli d'argento.
Pensò: «Sant'Anacleto,
patrono del convento,
mi manda questa grazia d'uva buona:
se io ne mangio un po', lui mi perdona!».
Prese un grappolo d'uva, neanche grosso,
ma aveva tolto solo qualche chicco,
che un truce vignaiolo gli fu addosso,

e col grappolo a prova del rubato
portò il frate al castello del Marchese,
per esser giudicato.
Chiese il Marchese, con severità:
– Frate, in verità,
questo grappolo d'uva, l'hai rubato? –
– L'ho preso, – disse il frate,
– ma non per fare quello che hai pensato –.
– L'hai preso per mangiarlo, io sospetto, –
disse il feudatario.
– No, – disse il fraticello con rispetto,
– l'ho preso per recitare il rosario.
Ho perso la mia corona per via,
dovevo dire cento avemaria,

ma a far di conto son piuttosto duro...
È per contare bene le preghiere,
che ho preso questa uva, ti assicuro:
a ogni avemaria che io contavo
un acino staccavo,
e poi, per non mancare di rispetto
al nostro Creatore,
gettando in terra un frutto prezioso,
io lo mangiavo –.
Chissà se gli credette, quel Marchese,
ma la storia gli piacque,
cosí rimandò il frate al suo paese,
e il vignaiolo tacque.

Se fossi un pesce

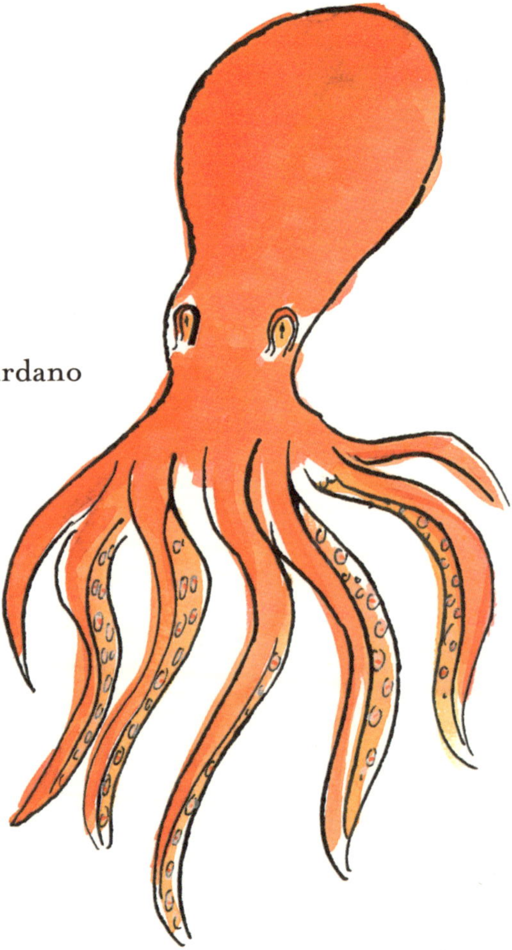

Se fossi un pesce
non starei in un vaso
dalle pareti curve,
fra occhi mostruosi che mi guardano
e cibo che mi cade sulla testa
ogni sei ore.
Nemmeno in un acquario
dalle pareti dritte,
sempre andare e tornare
fra scoglietti di plastica
e lucette di festa.
Nonostante i pericoli,
l'immensità acquatica
e i denti, e i tentacoli
ghiotti di me,
io starei nel mare.

Io sono nato il ventotto d'aprile

Io sono nato il ventotto d'aprile
da mamma botte e da padre barile.
Crebbi in fretta, e a metà di maggio
ebbi la testa a forma di formaggio.
Quando poi venne la fine di giugno,
presi una mosca e la tenni nel pugno,
la tenni stretta tutto luglio e agosto,
finché lei non fu stanca di quel posto:
a settembre mi punse, e con dolore
aprii la mano e andai dal dottore.
A ottobre unsi la mano con pomata,
ma fino a marzo rimase gonfiata,
sicché, in aprile, pensandoci su,
ho detto: – Mosche? Non ne voglio piú –.

L'allegro Marocchino

L'allegro Marocchino,
coperto di tappeti
vendette, ridendo, un tappeto,
a mio zio Anacleto.
Poi ne vendette un altro, ridendo,
a un prete Reverendo.
Vendette anche, ridendo, un tappetino
a mio cugino,
e poi, ridendo, uno rosso,
al Cavalier Barbero
e infine uno grande, tutto nero,
a Erminia Beccalosso.
Ma quando ebbe venduto
quell'ultimo tappeto,
si vide che l'allegro Marocchino
non aveva né gambe né bacino,

che non aveva corpo per niente,
ma solo la sua testa sorridente.
Però, sospesa in aria,
come fa un palloncino,
la testa volò via,
dicendo: – Tornerò con bei tappeti,
quelli piú belli! – e, mentre volava,
rideva con la solita allegria.

Nel pollaio, gallo gaio

Nel pollaio, gallo gaio
balla con gallina bella:
fanno coppia, fanno paio,
ballano la tarantella.

Nel pollaio, gallo nero
gira con gallina bianca:
nero, bianco, chiaro, scuro,
e la giostra non li stanca.

Nel pollaio, gallo lieto,
danza con lieta gallina:
coccodanzano, in segreto,
dalla sera alla mattina.

Cantavo una dolcissima canzone

Cantavo una dolcissima canzone,
con un cappello dalla piuma in cima,
ma giunse un ferocissimo leone,
e con un morso si sbranò la rema.
Povera rema,
dentro il leone:
cosí finiscono le cose buone!

Scrivevo una bellissima poesia,
piú bella di ogni altra fatta prima,
ma giunse un elefante da Pavia,
e con la zampa mi schiacciò la rama.
Povera rama,
sotto l'elefante:
cosí finiscono le cose sante!

Narravo un magnifico poema,
per guadagnare gloria, onore e stima,
ma tre pantere vennero da Crema,
e mi sbranarono tutta la ruma.
Povera ruma,
nelle pantere:
cosí finiscono le cose vere!

Dicevo una stupenda filastrocca,
per dedicarla al sindaco di Lima,
ma appena uscita fuori dalla bocca,
un uccellino mi beccò la roma.
Povera roma,
nell'uccellino:
si vede che era quello il suo destino!

Escono dalla bocca, qualche volta

Escono dalla bocca, qualche volta,
delle gran bolle che sono bugie:
– Io, a casa, ho un tavolo che salta! –
– Io un orsacchiotto che inventa poesie! –
– Il mio papà è piú alto della Luna! –
– Nel mio salvadanaio c'è un miliardo! –
– Io ho sette dinosauri in cantina! –
– Il mio non è un gattino, ma un leopardo! –

Le belle bolle escono,
e piano vanno in su,
andando in alto crescono,
fin quando fanno BUM!

Leggere bolle fatte di parole,
si formano talvolta nel pensiero:

– Mio zio Elio abita sul sole! –
– Il latte delle mucche nere è nero! –
– Io mangio mille uova in un minuto! –
– Salgo trenta scalini in quattro passi! –
– Si può versare il mare in un imbuto! –
– Quelli di Crema sono tutti grassi! –

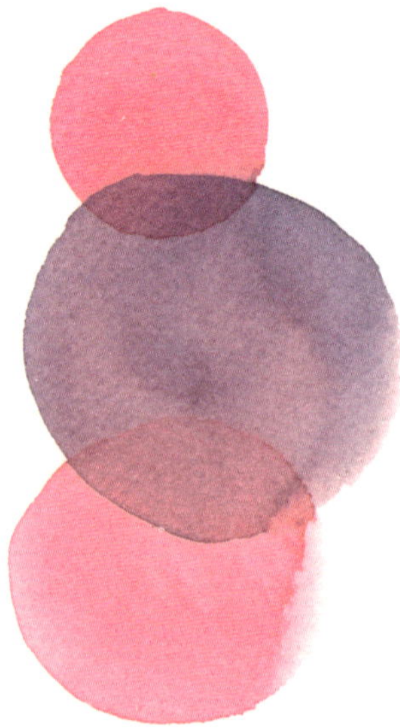

Le belle bolle escono,
e piano vanno in su,
andando in alto crescono,
fin quando fanno BUM!

C'era una volta un cercatore d'oro

C'era una volta un cercatore d'oro
che, per trovare l'oro, setacciava
la sabbia dei torrenti: un lavoro
lungo e duro, ma non ne trovava.
Un giorno, in una verde valle fonda,
restò, nel suo setaccio, qualche cosa:
era una cosa d'oro, a forma tonda,
sembrava una pepita luminosa.
Contento, lui la prese fra le dita,
ma quella gli scappò via, correndo,
perché non era affatto una pepita,
ma un granchio d'oro, piccolo e stupendo.
– Fermati! – disse l'uomo, e con la mano
fece capanna, e lo catturò,
lo mise in un sacchetto e, piano piano,
verso un villaggio si incamminò.

Ma accadeva un fatto molto strano,
perché lui camminava, camminava,
ma invece di andarsene lontano,
sempre allo stesso punto ritornava.
Si orientò con la luce solare,
ma i rami delle piante s'incrociavano
davanti a lui, e non poteva andare,
e i piedi, su ogni sasso, scivolavano.
– Ma che succede? – disse disperato.
Disse una voce: – Se lo vuoi sapere,
apri il sacco in cui m'hai imprigionato! –
Lui aprí il sacco, e riuscí a vedere
il granchiolino d'oro, che gli disse:
– Io sono il principe di questa terra,
ecco perché il sentiero ritornava,
i rami ti facevano la guerra,
e il piede su ogni sasso scivolava.
Sicché, lasciami andare –. Il cercatore
disse: – Ma se ti lascio, che mi resta? –
– Lasciami, e sta in silenzio quattro ore,
e ascolta quel che dice la foresta –.
Il cercatore, allora, lo lasciò,
sedette contro un faggio, e buono buono

per quattro ore in silenzio restò,
e, dopo il silenzio, sentí un suono:
cra-cipra-cipr, cra-cipra-cipr, veniva
da una betulla. Molto incuriosito
da quello strano suono che sentiva,
perché non lo aveva mai sentito,
il cercatore si alzò, e sopra un ramo
della betulla vide un grande uccello.
Da lui veniva lo strano richiamo,
e non poteva dirsi molto bello:
le piume erano tutte di metallo,
bigiastre di colore, e sembrava
metà un tacchino e metà un gallo,
e con quel canto metallico cantava.
E quell'uccello, poi, lasciò cadere
dopo un ultimo strillo sonoro,
un grosso uovo che, a ben vedere,
era giallo e lucente come l'oro.
Ed era oro: il cercatore, lieto,
prese il grosso uovo,
e se n'andò.
Il granchiolino d'oro, quieto quieto,
nel bosco verde se ne ritornò.

Una, se lo vuoi sapere

Una, se lo vuoi sapere,
non la trovi né in mele né in pere,
ma se mangi una mela, o una pera,
la trovi tutta intera.

L'altra, se ne hai bisogno,
non sta né in regno né in sogno,
ma se ti sdrai su un mucchio di fieno,
la trovi in un baleno.

La terza, se è quella che vuoi,
non la trovi fra cani o fra buoi,
ma se voli fra papere e vento,
la trovi in un momento.

La quarta, poi, ammesso che ti piaccia,
non la trovi né a pesca né a caccia,

ma se sali un poco piú su,
la trovi pure tu.

L'ultima e quinta, per chi la vorrà,
non la si trova qui, né lí, né là:
ma se la cerchi in un luogo aperto,
la troverai di certo.

Paolino, l'imbianchino

Paolino, l'imbianchino, imbiancava,
e un certo giorno, mentre lavorava
in casa di Gismondo Lisciofiato,
nella vernice fece, un po' sbadato,
cadere un pizzichino di tabacco.
Ma quando lui finí, ecco, perbacco,
Peppino cominciò a starnutire,
e starnutiva, senza mai finire,
finché Paolino, che aveva capito,
quella vernice ebbe sostituito.
«Se col tabacco è capitato quello, –
pensò Paolino, uomo di cervello,
– chissà che altro mai può capitare?»
Il giorno dopo, andò a lavorare
in casa di una certa Lia Tristina,
timida e malinconica donnina,

che, essendo di natura molto bigia,
gli aveva chiesto una vernice grigia.
Ma dentro la vernice, l'imbianchino
versò, in segreto, un bicchiere di vino,
mezzo bicchiere di un rosso brillante,
e mezzo di allegrissimo spumante:
e, da quel giorno, la donnina mesta
non fu piú triste, era sempre in festa,
cambiò persino il nome, e fu Gioiosa.
Un giorno, poco dopo quella cosa,
Peppino fu chiamato da un avaro,
che amava solamente il suo denaro:
chiunque gli chiedeva un po' d'aiuto
da quel gran tirchio aveva un rifiuto.
Che cosa fece, allora, l'imbianchino?
Versò nella vernice del tapino
polvere d'oro, e aggiunse, da birbante,
l'olio di ricino, che è ripugnante:
ed ecco che l'avaro Nontidò,
cosí lui si chiamava, diventò
talmente disgustato dal denaro,
che da quel giorno non fu piú avaro,
e a chiunque gli chiedeva dava aiuto.

E per finire, l'imbianchino astuto,
che da gran tempo era innamorato
(però da lei, purtroppo, rifiutato)
della graziosa Lelia Nontivoglio,
fece un gentilissimo imbroglio.
Quando la bella lo mandò a chiamare
perché la casa voleva imbiancare,
Paolino sciolse dentro la vernice
una sua calda lacrima infelice,
e Lelia, respirando quel dolore,
si sentí, dentro, nascere l'amore,
e, invece di ripetergli il suo no,
corse da lui, e stretto lo abbracciò.

Renzo Rugby

Renzo Rugby
tira la palla ovale,
ma quando la riceve Gino Golf,
è tonda e piccolina.

Gino Golf
la lancia con la mazza,
ma quando la riceve Franco Football,
è di nuovo un pallone.

Franco Football
la calcia in mezzo al campo,
ma quando la riceve Tito Tennis,
è tornata piccina.

Tito Tennis
la colpisce e la scaglia,
ma quando la riceve Bruno Basket,
è tornata un pallone.

Bruno Basket
la getta con la mano,
ma quando la riceve Biagio Baseball,
è ancora una pallina.

Biagio Baseball
la tira lontanissima,
ma quando la riceve Gian Gallina,
gli si spiaccica in faccia, appiccichina.

Quando è la festa di Carnevale

Quando è la festa di Carnevale,
si mangia cibo che non esiste:
panna d'inchiostro, dolci di sale,
succhi di fretta, cantate miste,
frittate fatte senza le uova,
frittelle cotte, pistacchio giallo,
brodo di palla, gatta ci cova,
pasta con chicchi richí di gallo.
A Carnevale,
ogni piatto vale.
Si mangia il sor, ma non il riso,
si spreme succo di melodia,
polpette molli del paradiso,
fatte seccare nell'allegria.
Si assaggia uva di castagnaccio,
cuor di padella, fior di pignatta,

pappa di stucco, pepe di ghiaccio,
strane minestre di zucca matta.
A Carnevale,
ogni piatto vale.
A Carnevale si mangia questo,
a Carnevale si mangia quello,
frutta scappata fuori dal cesto,
pesci volati via dal secchiello,
si mangia tanto, si beve molto,
si beve niente, si mangia poco:
pene d'amore, prosciutto colto,
riso di gusto, pappa di gioco.
A Carnevale,
ogni piatto vale.

C'era una volta Ciccio esploratore

C'era una volta Ciccio esploratore,
di buona volontà, ma vista poca:
prendeva il topo per l'alligatore,
scambiava lo scoiattolo con l'oca.
Vedendo un elefante di savana,
strillava: – Che magnifico cammello! –
e, se inciampava in una grossa iguana,
diceva: – Guarda qui, che bel fringuello! –

Ciccio, Ciccio, guarda bene,
son sardine, non balene.
Ciccio, Ciccio, fa' attenzione,
quella pecora è un leone!

E Ciccio esploratore era tenace,
scattava foto al genere animale:

ma, sotto un bel ritratto di batrace,
scriveva: *Tipicissimo cinghiale*,
sotto la foto di un ispido istrice,
scriveva: *Esemplare di salmone*,
e all'ingrandimento di una cimice,
metteva l'etichetta di un moscone.

Ciccio, Ciccio, guarda bene,
son sardine, non balene.
Ciccio, Ciccio, fa' attenzione,
quella pecora è un leone!

Un giovane aveva grandi mani

Un giovane aveva grandi mani,
non solo grandi, proprio gigantesche,
le sue carezze erano spintoni,
per contenerle non c'erano tasche.
Se lui faceva il pane, gli riusciva
talmente grosso che non s'infornava.
Giocando a carte, la gente diceva
che dietro le manone, lui teneva
carte nascoste, e faceva dei trucchi,
e piú nessuno giocava con lui,
e, con la solitudine negli occhi,
andava in giro, e non rideva mai.
In una lontanissima regione,
viveva una ragazza, che aveva,
le cose a volte sono proprio strane,
manine tali che, se lei toccava

qualcuno, lo pungeva, e i biscotti
che cucinava sembravano briciole,
e non poteva impugnare gli oggetti:
insomma, la sua vita era difficile,
e se ne andava in giro molto mesta.
Ora, è vero che il mondo è grande,
ma la terra non è poi cosí vasta,
(e qualche scorciatoia, poi, si prende)
cosí un giorno accadde che, in un posto,
i due s'incontrarono, e guardarono,
si piacquero, e quindi, molto presto,
in un bel matrimonio si unirono.
La storia, adesso, potrebbe finire,
e spesso qui, le favole finiscono:
ma, se tu vuoi, può anche continuare,
perché, talvolta, altre cose accadono.
Se il matrimonio, insomma, ti è bastato,
smetti di legger qui, o di ascoltare:
se invece vuoi che altro sia accaduto,
leggi, o ascolta. Bisogna sapere
che, nella notte, quando i due dormivano,
lui le teneva sempre le manine
dentro le sue manone, e sognavano,

fino al risveglio, tutte le mattine.
Ma un mattino, cento giorni dopo
il matrimonio, quando si svegliarono,
aprendo gli occhi e abbassando il capo,
videro una cosa, e si stupirono:
le loro mani erano diverse,
cresciute a lei, a lui diminuite,
le differenze erano scomparse,
mani normali erano diventate.
E, dopo nove mesi, lietamente,
nacquero due gemelli, con le mani
cosí graziose da sembrar dipinte,
venti rosati e paffuti ditini.
Adesso sí, con queste otto mani,
che giocano e si fanno le carezze,
la storia può finire: ma domani,
se vuoi, ti narrerò altre bellezze.

Grandissimo è il mare

Grandissimo è il mare,
ma con un cucchiaino,
avendo il giusto tempo,
lo potresti svuotare,
checché dica Agostino*.

* *Agostino, uomo sapiente, vedendo sulla spiaggia un bambino che vuotava il mare con un cucchiaino, gli disse che non ci sarebbe mai riuscito.*

Che barba, la poesia!

Che barba, la poesia!
Che bor,
che ber,
che bur,
che birba, la poesia!

C'è una torta, là a Babele

C'è una torta, là a Babele,
che s'innalza fino al sole,
fatta con fragole e miele,
e non c'è chi non la vuole.
Le parole, che sciagura,
si confondono, a Babele:
si confonde *cura* e *dura*,
si confonde *miele* e *fiele*.
Una dice: *Io ti amo*,
l'altro sente: *Io ti squamo*.
Uno dice: *Dammi un bacio*,
l'altra sente: *Fammi un cacio*.
A Babele, in confusione,
si fan pochi matrimoni,
però, che consolazione,
i babà son molto buoni.

Cleopatra, gran regina

Cleopatra, gran regina
dell'impero d'Egitto,
aveva il naso dritto:
geometrica imponenza,
bel monumento eretto,
bellezza sopraffina.
Venivano dal mondo
schiere d'ammiratori,
principi e imperatori,
che, in devota pazienza,
le giravano in tondo.
– Cleopatra, che importa,
se il mondo è piatto o tondo?
Che importa se la luna
è un quarto, mezza o piena?
A noi importa soltanto

del tuo naso stupendo! –
– Guai a chi si avvicina! –
strillava la regina.
E quelli, tutti in pianto:
– Lasciaci dare un bacio
sulla sua punta fina,
puntuta come spillo! –
– State lontani, o strillo! –
lei gridava, feroce.
Tutto il giardino, intorno,
era pieno di tende,
tende di innamorati:
chi ama non si arrende.
Ma ecco che, un giorno,
arrivò, da Vercelli,
uno sveglio bambino
che, bravo in geografia,
aveva vinto un viaggio
fino al lontano Egitto:
viaggiava con Paolino,
un tipo quieto e zitto,
che serviva soltanto,
camminandogli accanto,

a fargli compagnia,
e, all'occorrenza, rima.
Cercavano piramidi,
però non le trovavano.
Ed ecco, con la corte,
passare la regina,
superba e scostante:
dietro le camminavano
principi, imperatori,
tutti gli ammiratori,
in corteo mormorante.
Quando il bambino vide,
eccitato gridò:
– Eccola, la piramide! –
e, col dito, indicò
il naso formidabile
di Cleopatra regina,
e tutti lo sentirono,
anche lei lo sentí.
– In effetti, è cosí... –
bisbigliò un pretendente.
E un altro, meno timido:
– Sí, sembra una piramide! –

E tutta l'altra gente,
indicando, ridendo:
– È proprio una piramide! –
Poi, come liberati,
festosi, allegramente,
a casa ritornarono
tutti gli ammiratori,

mentre Cleopatra andava
a specchiarsi, a palazzo,
quel naso preoccupante,
quel naso cosí pazzo.
Dopo avere trovato
ciò che avevan cercato,
tornarono a Vercelli
quello sveglio bambino
e, facendogli rima,
il compagno Paolino.

Voleva mettere

Voleva mettere
la sabbia in gabbia:
morí di rabbia.

Le note sono sette

Le note sono sette,
come i nani.
Io le conosco tutte,
le conto con le mani,
e, dato che mi piace,
le canto con la voce:
Do come dolce,
Re come regalo,
Mi come micio,
Fa come fagiolo,
Sol come sole,
La come lampone,
e Si come il silenzio
che chiude la canzone.

C'era una volta un topo

C'era una volta un topo
un ghiotto topo, che,
be', formaggiava un po',
e sgranocchiava pasta e caffè.

Ma venne un G

C'era una volta un topo,
un ghiotto topo, che,
be', formaggiava un po',
e assaggiava zucchero e patè.

Ma venne un G,
poi venne un A

C'era una volta un topo,
un ghiotto topo, che,
be', formaggiava un po',
e ingollava datteri e tè.

Ma venne un G,
poi venne un A,
poi venne un T

C'era una volta un topo,
un ghiotto topo, che,
be', formaggiava un po',
e trangugiava birra e vin brulé.

Ma venne un G,
poi venne un A,
poi venne un T,
e un altro T

C'era una volta un topo,
un ghiotto topo, che,
be', formaggiava un po',
e divorava tutto quel che c'è.

Ma venne un G,
poi venne un A,
poi venne un T,
e un altro T,
e poi un O,
e quando fu arrivato lo mangiò.

Dissero a un vecchio

Dissero a un vecchio:
– Per ringiovanire,
un uovo nuovo al giorno devi bere –.
Il vecchio uomo
bevve un uovo nuovo
il lunedí,
poi, per ringiovanire ancor di piú,
il martedí, due ne mandò giú,
e tre il mercoledí,
e quattro il giovedí,
e cinque il venerdí,
ma non ringiovaní:
anzi, prima del sabato,
morí d'indigestione
per quelle colazioni poco adatte.

In quel momento, in un'altra nazione,
nacque, al suo posto, un piccolo uomo nuovo,
che non beveva uova, solo latte.

Sono un seme

Sono un seme,
qui sotto.
Aspetto.
Ora è freddo.
Sto qui,
fermo,
quieto,
segreto.
Verrà,
caldo e luminoso,
il sole a primavera.
Io sto qui,
mi riposo
dalla vita futura.

Finito di stampare nel mese di aprile 2018
per conto delle Edizioni EL
presso OZGraf, Olsztyn, Polonia